KB142832

고독한 자의 공동체

한승태

시인의 말

중얼거리는 사람

집에서도 직장에서도 어두운 방 한 칸 없이 살아왔다. 사방이 유리인 방에서 어둠을 한사코 밀어내며 살아왔다. 자면서도 불을 끄지 못했다. 엘이디 불빛을 가둔 내면, 스스로 발광해 왔다. 불현듯 오십 대, 그렇게 내 캐릭터는 만들어졌다.

밥알 한 알까지 꼭꼭 씹어 먹듯 맨발로 걸어 본다. 느린 보사노바 리듬으로 미워하지 말자 이제 미워하지 말아야지 하며, 몸에서 매일 태어나고 죽는 것들, 아침의 꽹과리 소리에 깨어나는 것과 함께 나는 여기 있다. 괴롭다는 착각 속에.

2023년 겨울 초입
한승태

고독한 자의 공동체

차례

1부 몸뚱이 하나를 밤비는 언제 다 적시나

2부 별의 목소리 겹쳐 들었다는 그때

3부 어제 그리고 오늘

1부

몸뚱이 하나를 밤비는 언제 다 적시나

남은 햇살을 쥐고

죽은 자의 결계를 뚫어야만 보이는 당신
중환자실 병상 이불 밖으로 빠져나온 발
햇살의 세계로 어떻게 돌려놓을 것인가

만나면 무릎이 자주 꺾이고 헛발질을 해서
강 건너 숲을 지나는 솔바람 소리 따라
어차피 가야 하는 곳 먼저 가는 거라 했는데

서로 뭔가 들킨 듯하여* 눈을 맞췄는데
그때 당신을 모른 척 지났어야 했어! 그냥
매일 스치기는 하지만 마음이 남지 않게

잊지 못하는 것은 오래 앓아 온 햇살 같고
가야 할 길은 절반이나 남았는데 스러진 바람
저쪽에서 건너와 당신 바닥까지 내려가는데

* 드라마 〈미스터 션샤인〉의 대사 중에서.

강 같은 평화

못과 망치를 들고 천국을 짓는 나의 어머니
천국 앞에 간신히 귀 막고 입 닫은 사랑아

전셋집 옥상에 올라 떨어지는 말씀을 받는데
지옥의 손바닥에 부활을 못 박는 빗줄기

심장의 십자 성흔은 사라지지 않는데
몸뚱이 하나를 밤비는 언제 다 적시나

나를 사랑한다고 심장에 못 박힌 이가 있고
나를 사랑한다고 심장에 못 박은 이도 있지

산소에 올라

땅 호랭이[地虎]는 등뼈를 곧추세우고
이깔나무 이파리는 서릿발과 맞서는데

가을 사다리는 어디까지 올라갔나
찬 구름이 당신 얼굴을 밀고 왔다

당신을 걸으며 나를 듣는 길이랄까
뼛속에서 일제히 날아오르는 홍학의 무리

당신에게 맞았던 한쪽 뺨이 산 넘어가고
추석마다 굴러떨어진 사과처럼 거뭇했다

양 날개를 펴고 생기를 말리는 능선
미워했던 마음도 검불처럼 말랐는데

여기는 이승에서 올라온 저승의 신전神殿
구더기가 파먹은 백골은 더러 구름도 되고

울음이 찾아왔다

새벽꿈에 돌아가신 엄마가 출연했다

하지 못한 말이 주먹밥처럼 명치에 묵직한데도 구내식당 배식구 앞에 서 있었다 주방 아주머니들은 소리 없이 왁자지껄하고 음식은 늦어지는데 식당의 어느 방으로 엄마가 들어가셨다 거기엔 외할머니가 계셨는데 할머닌 날 보고 엄마는 엄마를 마주 보며 앉아 계셨다 어디 갔다 왔냐는 나의 짜증에 돌아본 엄마 얼굴은 처음엔 환했는데 점차 어두워지다 사라졌다

먼 데를 떠돌던 엄마가 그렇게 찾아왔다

당신이라는 안부

당신은 딸아이의 실내화를 빨고 있었고
나는 맞은편에 앉아서 이를 닦고 있었지
칫솔은 실내화의 겉은 물론 깔창까지
닦고 또 닦았어 꺼끌꺼끌한 혓바닥까지

건강하세요 그리고 행복하세요
라는 말은 일회용 컵에 쓰인 말

딸 얘기는 핑계였겠지 그랬을 거야
소양댐 아래 세월교 한가운데 차를 세웠지
오른쪽으로 들어온 격랑이 왼쪽 귀로
다만 지나는 것인지 넘어서는 것인지

이미 나는 잃었다

시 낭송인지 출판 행사인지 분명치 않다
계약서에 사인하고 오던 길 같기도 하다
기점이나 종점보단 환승 터미널 같은데
어디 가지 말고 잠깐만 여기 계세요!

아는 국회의원이 나타나 부탁을 하는데
그의 친구인지 부친인지 허술한 사내 하나
사인도 해 주고 정치 얘기를 나눴다
시를 썼다는 그 사내에게 시집을 주려는데
돌아보니 기다리던 엄마는 어디 가셨나
가방에 속옷은 있는데 시집은

없었다

버스를 먼저 타셨나 화장실 가신 건가
허술한 사내 둘은 이미 사라졌고
시골행 버스를 기다리는 화가만 앉아 있었다
좋은 곳 가셨을 거라고 못 가서 미안했다고

악수하는데 의수는 빠져 버리고

아는 얼굴

세 딸이 보내온 톡 보고 마트에 장 보러 간다
달걀 1판 양파 1망 간 마늘 1봉지 2리터 생수 1박스
기모 스타킹 블랙으로 3개, 탐폰 1팩, 화장솜…

차례로 자신의 필요를 적어 보내는 동안
가족 톡 속의 아내는 아무 말이 없다
소주와 목살을 넣고 아내가 좋아하는 카프리를 넣
을까
막내와 내가 좋아하는 주꾸미만두 하나 더를 넣고
생필품인데 소주가 생에 필수인지 생각해 본다

딸도 생필품이 한 보따리가 될 만큼 컸는데
아내는 나와 장을 보지 않은 지 꽤 되었다
투덜대던 나와 딸을 데리고 필요한 걸 잘도 샀는데
이제 나와 같이 장을 보러 가지 않는다

후진하려는데 옆 차에서 중년 여인이 내린다
겉옷을 엉거주춤 가슴에 그러안은 얼굴로 섰는데

선팅 짙은 차는 여인을 버려두고 주차장을 빠져나
갔다
　　나는 저 얼굴을 익히 안다

다행이다

딸 셋 키우다 보니
아래층 사람에게 미안할 일 많다
갓 잠이 들어 새벽 세 시
옷을 가지고 싸우는지 무엇 때문에 억울한지
하나는 발 구르며 소리치고 하나는 악을 쓰는데
딸의 방을 열어 보았으나 잠이 고요하다
뭐라고 뭐라고 발을 쿵쾅거리고 문을 세게 닫는 소리
저들이 소리를 내 주어서 그나마 나는 덜 미안하
지만
이 겨울밤 저들은 무엇이 그리 억울한 것인가
너희가 아니었으면 누가 사는지도 몰랐을 이웃이여
다행이다 사는 소리를 내 주어서

어차피 깬 참에 책이라도 보려는데
약한 코를 골던 아내가 가만히 방귀를 뀐다
그렇구나, 아내도 여자였구나
결혼한 지 이십 년이 지나도록
내 앞에서는 그렇게 조심하더니 꿈속에서는

어떤 남편 어느 편한 가정이었는가
당신도 방귀를 다 뀌네 하니 여전히 부끄러워
모른 척하지 그런 건 모른 척하는 거라고
다행이다 사는 소리를 내 주어서

그 때문인지 몰라

친구야, 너그 집도 그렇겠지
있는 집에는 사당이 있고 위패도 모셨으나
내린천 나의 옛집 안방 문틀 위에는
가로로 기다란 액자 하나에
돌아가신 아버지의 갓 쓴 아버지도
곰방대 든 아버지의 어머니도 계시고
누님들 국민학교 졸업사진도 거기 끼어 있어
대바늘로 뜬 옷 입고 선 병아리 자매들
중학교 중퇴하고 일찍 집 나간 큰누님은
한쪽 팔 구부려 멋쟁이 손가방을 들었고
아버지 어머니 버름하게 서서 찍은 내력도
샘골인지 호정골인지 산기슭에 비스듬히 누워
아버지는 입에 버들강아지를 물었는데
여백에는 흰 글씨로 청춘이라는 시詩도
거기 적혀 있었어 안방 높은 곳에서
이렇게 늘 지켜보고 있다는 거
맨날 술 먹고 돌아댕기는 것 같아도
내 안의 망나니가 함부로 하지 못하는 것은

사람에 등 밀리고 지하철에 사무실에 구겨져도
집에 들어올 때는 나를 들키지 않게 옷깃 여미고
그 소심한 어깨도 펴는 것은
오랜 술친구지만 모르는 게 너무 많지
너그 집도 그런가 궁금한 거고

위가 늘어난 사람이 되어

얼굴 붉어진 냉장고 주인은 파업하고
밖에 나가 식당에서 일하는데
갑자기 주인 잃은 냉동고는
너무 꽉 차서 어딘가 허전하다
면장갑 끼고 돋보기 같은 눈을 드는데
양지머리가 조금인 걸 보니 미역국 끓이고 남은 듯
하고
타래로 얼어붙은 시래기 뭉치
허리 접은 오징어는 측은을 서로 껴안고
고춧가루와 들깻가루 봉지 그리고 봉지들
안에 또 봉지에 담긴 비지장의 오랜 헛헛함
아내의 청국장은 언제부터 숨을 참은 건지
갱년의 바다를 헤집던 연어 한 손
집 나간 식욕이 오래 누워 있는데
저리 가라 해서 가면 혼나고
그렇다고 다가가면 밀어내는 자리에
조금 있다 없다가 날 여기까지 밀고 왔다
너와 동거를 더위라 불렀을 거다

내 안은 아직 뜨거운 빙벽인데

고향의 봄

대추나무 고목 아래
당고모와 같이 살던 옛집
귀마루 아래 쪽마루가
해바라기한다

박새와 참새가 잔뜩 몰려와서는
묘막 집 며느리는 올해도 돈만 보냈고
카자흐에서 왔다는 숭구네 며느리는
어눌해도 곰살맞아 이쁘다는 것과
유학 간 손녀가 박사라고 자랑하다

가고

쑥대와 강아지풀 우거진 마당가
대추나무는 겨우내 참았던 노란 목젖을 마구 열어젖
히는데
집 나가 떠도는 들개는
서산 길어지는 어둠에

겨울 안부를 묻고 또 묻는다

휴일

하늘은 푸른 공명통

아내는 작은애 데리고 결혼식 가고
큰딸에게 이끌려 나온 화목원花木園
풀꽃이나 나뭇잎이 풀어 놓은 바람에
아이는 분수에 무지개를 적신다

아이가 풀어 놓는 햇살 아래

나는 일찌감치 한쪽 팔로 구름을 괴고
공원의 나무와 꽃 스위치를 누른다
구절초 켜지고 산국과 감국이 저절로 밝고
나는 그늘에 채널을 고정한다

딸아이의 날갯짓이 분주하다
아빠, 이 꽃은 뭐야?
뭐냐니깐?

종소리는 어디서 오시는가

스위트 홈

돌관 가득 아침이 찬연히 들어차고
지저귀는 참새 울음에 잠을 설쳤다

분가하여 새로운 집은 낯선 전등 낯선 벽지
하지만 오래전 살았던 낯익은 동네의 새 울음

처음 한 일은 자물쇠와 초인종을 설치한 것
한때 바가지를 깨고 문턱을 넘은 스위트 홈

봄내정신병원 뜨락에 앉아 진료를 기다린다
감나무 잎사귀는 칼날처럼 차랑거리고

오래 쓰지 않았던 욕조에 락스를 부으니
며느리와 어머니의 머리카락이 엉켜 나왔다

어떤 날은 도시가스가 집 안 가득했다

너는 누구인가 노란 알약의 꽃망울은

문안에는 꽃송이도 대상포진으로 핀다

차례

산에 오르니 양지 녘 눈길이 녹고 있었다
그늘까지 녹으려면 꽤 지나야겠지만 오는 봄을 막지
못하듯

서너 명 걷던 길이 때로 한두 명 걷는 길로 바뀌는데

(왜 이리 길이 험해!
얘들아 한 줄로 걷자! 그래야 안전해
서로 대화가 안 되잖아요
그렇긴 하지)

그런 길을 아버지와 할아버지가 걸어오셨단다

이 산에 와서 먼저 길을 넓힌 이여
그대가 아홉에 스물에 서른에 무엇에 혹해 여인을 만
나고 아일 낳았는가!
나도 안다 이렇게 왔으니 가야 한다는 거
아내의 손을 잡고 딸의 손을 잡고 걸었던 길

꼭 뭔가 있을 것만 같은 성못길에
겨울은 간다 가고야 만다

~하고 울었다
−재동에게

바다에 가서 울었다
뭘 더 이상 하지 않으려는 마음을 달래려
바다에 가서 울었다

어깨를 들썩이며 물방울을 받아내는
바다는 무엇도 하지 않았다
어떤 말도 하지 않았다

지켜 주지 못하는 마음은
이쪽 살림을 저쪽으로 옮기고
저쪽 살림을 이쪽으로 옮겼다

대왕암 몽돌 해변에서는
쌀 씻는 소리랄지
무릎에서 윤슬 빠져나가는 소리랄지

바다에 가서 울었다
엉키고 굴곡진 마음이 평평해졌다

바다는 울기에 좋았다

2부

별의 목소리 겹쳐 들었다는 그때

멧비둘기

그제 밤부터 두근거리며 수런거리고
유혈에 한숨도 못 잤을 거야 나무는
사람이 죽어 나간 고갤 내려다보며
너라도 살라고 가지를 흔들었을 거야

불로 못 태울 것이 무어냐고 하면서도
너무나 무서워 울음도 넘기지 못했을 거야
보국안민輔國安民 깃발 쓰러지고 자작고개 넘어
아홉사리재 아래 숨이 가라앉을 때까지
부끄럽게 부끄럽게도
혼자 동지 숨을 대신하고

서산에 걸린 함성과 피의 깃발 아래
나무 목소릴 몸에 온전히 모시기까지는
밤엔 소쩍새와 아침엔 까마귀와 울었지
붉은 메밀대를 일구며 낮엔 종일 울었지
해 뜨면 일하고 해 지면 잠을 잤지

나뭇잎은 벨라차오 벨라차오Bella Ciao

춘천엔 청평사라는 절이 있어 누구나 거기에 가면 사
랑한다네

토굴에서 시작되었을 기도는 골짜기와 산을 불국토佛
國土로 만들었지

연한 찻잎만 따서 공양하던 진락공眞樂公의 연꽃이 사
랑으로 바뀐 거지

마음은 어디부터 시작할까 몸은 어디부터 내 몸이고
너에게 어떻게 건너갈까

누구나 경내에 들어오면 시간을 잃어버려 돌아가야
한다고 느끼는 순간

고려정원 상류에서 흘러오는 꽃잎을 보게 되지 고려
여인이 흔드는 산벚꽃

이곳은 한때 이국의 무사들이 점령하였으나 무기를
버리고 사랑에 빠졌다네

토굴에는 곰이나 사람이 순서를 정해 허물 벗고 환생
을 준비하지

'어르신 창 들어갑니다' 간곡하게 여쭙고 노래하고 춤
춰야 산으로 돌아가듯

2007년 세르비아, 고란 브레고비치GoranBregovic의 어깨가 들떠 오르고

벨라차오 벨라차오 안녕 내 사랑 죽으러 가면서도 내 사랑이라고

어두운 토굴에서 기다린 내 사랑이라고 꽃을 피우지 그대가 나를 원한다면

아름다운 꽃그늘 아래 나를 데려가 주오 안녕 내 사랑 나를 데려가 주오

신발 한 짝 남겨 놓고 나를 산신각 뒤란에 묻어 주오 다시 돌아올 수 있도록

꽃신을 보고 나를 생각해 주오 벨라차오 벨라차오를 듣는 아침

휘파람 불자 북과 꽹과리, 태평소와 징 소리가 들판을 헤집고 꽃피우지

골짜기에 스며들어 간곡하게 벨라차오를 부르는 새들 북과 징 소리에

산신나무 흔들리고 고란 브레고비치의 '결혼식과 장례식밴드'는 벨라차오를 불러

물푸레나무 이파리는 들판을 두들기고 산골짜기는 모두 일어나 돌격!

　보스니아 헤르체고비나에서 태어나 어디든 노래하는 곳이면 신의 들판이지

　발칸이 첫 들판이고 파리가 앞마당이지 베오그라드와 모스크바를 거쳐 이곳까지

　막걸리 마시고 꽹과리와 태평소로 파르티잔을 노래하지 사랑을 노래하지

　억눌린 사랑엔 신의 노래가 깃들어 꽃대를 올리려 힘쓰면 저절로 율동이 생겨

　누구나 날개 없이도 허공을 들판을 산골짝을 떠들썩하게 날아올라

　마침내 사랑을 완성하고 죽음을 깨치고 산의 연인이 되는 거야

　사랑하는 이는 누구나 파르티잔, 죽을 준비가 되어 있는 곰이나 무당처럼

　안녕 내 사랑 내 몸을 먹어 다오 내 몸을 연주해 다오 들판을 떠들어 다오

　벨라차오 벨라차오 안녕 내 사랑 오 파르티잔이여 다

음은 내 차례라오
　마음은 어디부터 시작할까 몸은 어디부터 내 몸이고
너에게 어떻게 건너갈까

더 필요하다

툇마루 끝에 무심히 툭툭
봉당에 튀어 오르던 햇살은 어렴풋한데
그때 콩꼬투리를 까던 몸에 건네던 것을 왜
이제야 떠올릴 수 있게 되었나?
아예 잊은 듯 그렇게 지나가지

산길은 슬그머니 이파리를 뒤집고
골바람에 도라지 꽃가루가 슬쩍 건네는
봄과 여름 사이 그리고 가을이 오는 사이
거길 지나는 배추흰나비의 날갯짓은 내게
홀리는 말을 건네고 그랬다는 것인데

호롱불 그을음이 한 치 더 자라고
문풍지 떨림은 밤을 크게 열어 주었는데
귀틀집 굴뚝 연기와 구름 사이로
별의 목소리 겹쳐 들었다는 건데 그때
거미줄이 나를 걸러내고 있었다는 건데

심장이 쿵쿵 이진수로 울릴 때마다
굴피지붕 위 꽃다지는 온몸을 춤추고
저편 허큘리스 대성단 주춧돌이 답하는
뿌리의 속삭임은 멀리 빛났다는 건데
하필 내게 숨결을 건네고 있었다는 건데

일하기 싫어서 죽도록 싫어서
옥수수 껍질 벗겨 방석이나 엮고 있을 때
지켜보던 측백나무 울타리에도 어린 내게도
그림자를 건네고 있었다는 건데

울음 한 그릇

아파트 뒷산 넘어 고개 숙인 벼를 손으로 훑으면
봄여름 내내 개구리 울음 농사에 이어 풀무치 울고

논두렁에 다다른 운구차는 햇살을 품고 돌아가는데
문상 가는 발걸음은 발걸음끼리 뭉쳐 도랑이 되고

작은 울음은 울음끼리 뭉쳐 밤하늘에 둥그러지는데
낱알의 걸음은 재잘대다 밥상에 올라 소문은 퍼지고

바다엘 갔다 너와

어제도 오늘 같고 내일도 오늘 같을
꼭 너와 같이는 아니고 너일 것 같은 너와
너여야만 할 것 같은 그럼에도 너는 아닌
그런 너와 바다엘 갔다 아니었나? 아니
그러거나 말거나 너와 바다엘 갔다
꼭 나일 필요 없는 나와 그렇게 걷는 너와
밀려왔다 밀려가는 파도의 체위를 완성했다
돌아보지 말라며 어제가 눈앞에 밀려와 오늘
끝난 줄 알았던 파도가 살아 보지 못한 파도로
누구에게나 밀려왔다 밀려갈 것이겠지만
몰려오는 아홉 번째 파도는 각자의 몫이어서
꽉 쥔 주먹으로 파도를 펴 보던 어제가
너와 나의 눈앞에서 밀려오고 또 오고 오늘
너도 너의 주머니 속 파도를 손꼽아 보겠지만
지금이 눈앞에 밀려왔다 순식간에 밀려간다고
내일도 여전히 재현될 거란 믿기 어려운
너와 나의 파도가 밀려왔다 밀려갈 것이다

손톱자국

어린 덩굴손이 꿈에서 자라 올라
꽃 핀 벚나무 하나를 덮치고 있다

덩굴손은 나의 손발을 감고
심장에 나사를 박는 중이다

(뭐든 맘대로만 하잖아, 너는)
사랑한다 채찍질하는 감옥이다

(그만큼 안았으면 벽도 무너졌겠다)
서로 어둠의 뺨을 치는 날개 큰 새

도꼬마리와 억새가 뒤엉키고
가시박이 머리끄뎅이를 붙잡았다

외발 썰매

신연강이 얼었다
지금은 사라진
썰매를 타던 때로부터 얼마나 멀리
미끄러져 왔나

가장자리를 벗어나
등줄기를 타고 뿌리내리는
인간의 심장까지
금 가는 소리

넘어지지 않으려
의지했던 속도인데

산에 들다

능선 위 나무는 성냥불을 켜 들고
무덤에서 일어나 산 아래를 본다
회벽의 결계를 넘어선 그림자는
길어지다 점차 이승 길로 앞장선다
어디로 가는 건가 머리가 타들어 가
고양이가 이끄는 골목의 아가 울음은
막바지 한 집에 켜지는 반려의 눈빛
가는 목숨은 갈아엎지 않으면 끝인데
생전 먹은 게 많으면 숨이 질겨진단다
현생의 연緣을 이어 저녁별은 돋아나고
그만 먹고 돌아가자, 어차피 비워내야
고단한 낮은 저물고 밤의 씨앗이 사는 것
어디든 들어가야 몸 이어 갈 것인데

어른이라는 말

십일월의 숲은 깊고 여전히 상투적이다
낙엽보다 떨구지 않은 잎이 많아 보였다

아직 가기 싫은 모양이라고 그녀가 말했다
일하는 분들이 다른 사람의 무덤을 팠다

자연에 실수란 없다 사람이기 때문에
실수도 하는 거라 어깨를 다독이는데

나뭇잎이 꼭 떨어져야 하는 건 아니라고
하늘의 나팔 소리를 들었다는 인간도 있다

소래포구에서

그저 품어 줄 친구가 되려니 하고
철길 따라 걸었지, 이미 사라진 협궤열차
포구는 자신의 활력과 횟감으로 유혹하는 황혼
티브이는 종일토록 듣는지 마는지 떠들고
소금 바람은 머리카락을 움켜쥐고
개펄은 너를 먹여 살렸다며 발목을 잡았다
지나는 이들은 조개처럼 입을 다물고
같이 좀 살자고 장사치는 팔을 잡아끄는데
종양 같은 붉은 뻘 속에서 목숨붙이는
잘린 팔다리를 비틀었다 목쉰 후렴구처럼
마침내 너는 떠난 아내의 등을 떠올리고
같이 탔던 협궤열차는 애초에 없었는지 모른다고
붉게 녹슨 저편 말들을 목울대는 삼켜낸다
두 눈에 꽉 찬 독주는 잦아들고
썰물은 최후 진술로 빠져나갔다

까마귀

소나무 그늘 속에서 꽃 핀 산벚은
막바지 숨은 오막살이 같은데
그늘 속에 몇 안 되는 꽃숭어리를
천천히 피우고 천천히 떨구는 일과여서
드문 햇살에 싹이라도 틔우려면
땅속 식량이라도 넉넉해야 할 터
씨알 굵은 검은 태양은 알알이 멍들다
한 그루 선홍빛 원망으로 산 넘어가고
너는 스러지는 꽃그늘에 앉아
피우려는 의지도 지려는 의지도 없는
인간극장의 마지막 화전민 같아서
터진 손등의 저 검은 땡볕 울음은
밤을 품은 건가 볕을 품은 건가?

소문

이미 나는 죽었던 거야 너에게서
뼈는 사라지고 먼지마저 사라졌지만
나의 귓속말은 남아 밀어로 떠돌고 있어
사랑은 어떡해서든 너에게 달려가서
몸을 만들고 온기를 만들어 걸음을 돌이키지
지금 여기에, 빛나는 너의 이름은
방금 불꽃이 스러진 나는, 나의 이름은
천 년 전 은하 건너편 별빛이 지금 오듯
마지막 폭발 직후의 빛 속에는
나의 말은 아직 따스해서 속삭여
사랑한다고 서로 뭉쳐 있던 마음도
너와 내가 은하 저편에서 서로
더듬다 비벼 안았던 몸도 안녕
떠돌다 뭉치거나 뭉쳤다 흩어진 나는
연어나 장어가 되어 처음으로 돌아가지
빛과 어둠이 만드는 파도 너울 따라
태어나기도 전 뭔가를 냄새 맡고
꼬리를 움직이고 빛을 흔들어 가지

여담

박세현 시인의 여담을 가지고 다니다 잃었다
집에 있겠지 퇴근하고 사무실에 있겠지 출근하고
집과 사무실 사이에서 시인의 소설을 잃었다

읽지 않았기에 소설은 분명 재미가 있을 터인데
이제 사무실과 집 어디에서 반전을 얻을 것인가
집과 사무실 사이에는 무엇이 있나 그러는 사이

잃은 것은 분명 그 사이 아는 곳에 있을 것인데
여담은 내가 예상치 못한 곳에 있을 리 없다
잃어버린 것이 찾는 안식처에 나를 잃었다

고래와 나

장생포는 포구가 아니고
바다는 바다이면서 바다가 아니다
오늘 나의 의심은 두터운 밤이고
시인은 고래이면서 고래가 아니다

여전히 나는 이슬이고
아직도 나는 꽃이고
장차 나무이고 싶은가

나무나 달이거나 이슬 혹은 꽃의 항구에서
내가 모르는 세계로 출항하기 위해서는
나무는 나무이면서 나무가 아니어야 하고
달은 달이면서 달이 아니어야 하고
현대시는 시이면서 시가 아니어야 한다

비가 되기에 충분하지 않으며
구름이 되기 충분하지 않고
바람이 되기에 충분하지 않다

나는

3부
어제 그리고 오늘

일일 교대

자는 아내 뒷모습을 보며 출근했다

서로 등을 맞대고 누웠다 일어났다
얼굴을 보았다면 영영 울었을 거다
그대는 거울을 껴안는 거 같을 거야
우리는 서로 피를 식히는 짐승들
따라 일어나던 이불이 주저앉았다

간밤 내 뒷모습을 아내도 봤겠다

돈벌레라는데

끔찍하게 다리가 많은 그리마
장애인 화장실 흰 벽을 따라 헤매는
장마철의 밤이다

사각의 타일 바닥을 몇 번이나
돌고 또 돈다 한 쌍의 긴 더듬이로도
가다가 이게 아닌데 하면서 또 간다
수십 개의 머리 관절을 움직여 가며
제법 똑똑한 척하던 나는 가슴이 저릿하다
문이라도 열어 줄까 분주한 저 몸은
서럽기도 하다

나의 병원 순례는 세 바퀴를 돌고서야
떨어진 치약뚜껑에 들어가 퇴행성 관절을 오므린다
몇 바퀴의 망설임을 더 돌고서야 돌아갈 것인가
가다 가다가 이게 아닌 것 같아도 갈 수밖에 없는
가족을 애인을 일렬종대로 줄 세운 벌레여

징그럽고 아름다운 나여
갈 곳도 모르면서 그 많은 다리를 절룩거리는

꿈틀거리는 어둠

왜 나는 대낮 꽉 찬 햇살 아래서만
비둘기 울음 같은 내 속의 징징거림을
비현실적인 맑음으로 소비하나? 왜
버려진 의자같이 한쪽으로 기우나?
건너편 옥상에도 나 같은 의자들 삭아서
오그라드는 물때는 들고 일어났다 한때
거기 빗물의 화면에 갇힌 내가 깜빡였다
무엇이든 열심인 모니터의 커서처럼
밤 오지 않는 사무실엔 앉아 있지 못하고
하루에 몇 번씩 옥상을 오르내리는 만년
끌어안을 고통도 없이 담배 연기에 흩어지고
출구 없는 사옥은 햇살에 포위되어
시침 분침이 돌고 있는 고층의 그림자
꽉 차서 오히려 텅 빈 사무事務를 채우고
이렇게 비현실적인 하루를 소비해도 되나?
건너편 옥상에도 나와 같은 의자들

아무의 얼굴

오늘은
전문가 얼굴 뒤에 숨는다 나는
너의 얼굴을 앞세우고
너의 얼굴 뒤에 숨는다
너와 너의 얼굴은 깔깔대고
처음 본다고 반가웠다고 인사한다
화끈거리는 얼굴을 숨기고
그저 얼굴 뒤에 숨는다
인정받고 싶은 얼굴 뒤에
땀 흘리는 얼굴 뒤에
숨는다
인내하는 얼굴 뒤에
공감하는 얼굴 뒤에
나의 얼굴은 완벽하게 숨었다
다행이다
아무 일도 일어나지 않았다

평화롭다

비전문가 뒤에 숨는다 너의 너는

우린 행정 하는 사람이라고

우리 뒤에 숨는다

이런 건 전문가가 해 줘야 하는 거 아니냐고 은근 어

른다

아이디어를 꺼내면 포장은 우리가 하겠다고 달랜다

너의 얼굴은 순치 뒤에

숨는다 자부심을 뭉갠 용역은 숨을 곳이

없다 이런 날 마음은 숨을 곳이

없다 악수한 손이 숨는다 너의 너는

서로 포갠 손가락들이 테이블 밑으로

숨는다 부탁 뒤에

변명의 얼굴 뒤에

행정이라는 얼굴 뒤에

지시의 얼굴 뒤에

안다 알지만 어쩔 수 없다는 얼굴 뒤에

서로서로의 얼굴 뒤에 숨는다

하도 숨어서 바퀴벌레일지 모른다고
어떻게 해서든 살아남았다고
숨는다 또

피라미드

고대인의 불가사의라고 하고
대개는 왕의 무덤이라 하는데
신전이든 무덤이든 끝이 뾰족한 이것은
인간이 인간으로 쌓은 인신공희人身供犧 같은 거고
인간이 인간을 밟고 올라간 사다리인데
밟힌 인간이 많을수록 수익이 높다 하고
돌에도 인간은 꽃을 피웠는데

이것을 네트워크 마케팅이라 부르고 선배는
자본주의 유령을 때려잡는 신무기라 했는데
어쨌든 자석요는 내가 먼저 사야 선의였고
누군가의 밑변이지만 누군가에게는 꼭지가 되는
머릿수를 채워야 탄탄한 이익이 보장된다는 것
합숙소엔 여름에도 자석요에 거위털 이불을 덮어
땀인지 기름인지 많이 빼야 효과가 있는 거라고
먹는 것은 조악해도 다들 부자가 될 거라고
아름답게 버짐꽃은 폈는데

전두환을 몰아냈고 전방 입소를 거부했던 전사
합숙소는 독산동인지 구로동인지 모르겠고
이것은 자본주의를 위협하는 거라 탄압받는다며
어디서든 주먹을 높이 들었고 확성기를 장악했지
선배는 그제나 이제나 아방가르드
이제 아름다운 버짐꽃은 만발했으니

고마워, 알지?

혼자 산 시간만큼 몸피도 줄어들고
어머니 치매로 직장은 그만두었지만
맥없이 늘어진 손을 모아 보내 드리고
청소 용역을 거쳐 시작한 일이 택배다
내비게이션이 있어도 헤매는 지상과
어둠 속이 간절해지는 북두성 사이
육친과 나누었던 숨을 혼자 채우고 있어
화물을 나누고 가대기 치는 새벽에서
타이어 식은 땀이 빠지는 자정까지
보내고 받는 일에 쉽게 정 주지는 못해도
혼자니까 저녁 주머니는 그럭저럭하다
처음 벗은 발등은 약솜처럼 젖었고
쉬 오줌이 나오지 않는 게 곤혹스럽지만
소금이 초침처럼 부서지는 개미지옥
보내는 일에 더는 중력이 느껴지지 않아
돌아오면 벽은 방을 점점 넓혀 가고
당신에게 썼던 연서 가득한 운동화 상자와
조화처럼 말라 버린 산세비에리아 화분은

길게 누른 초인종을 끝으로 버려졌지

단단해지는 것들

아들이 화분을 깼는데 사과도 없다고 옆집에서 전화
왔어

우리 애가 그럴 리 없다고 애를 왜 나쁜 놈으로 만드나
했어

알았는지 몰랐는지 애가 옆집에 불을 내고 말았어!

사실은 나도 알고 있었는데 그럴 리가 없다고 했던
건데

우리 애의 빨간색 라이터를 나는 알고 있어 하필 왜

그걸 흘렸냐 말이다 애야 그럴 리 없어야 하는데 왜

옆집의 옆집에서 미안하지만 아들 단속 좀 해야 하지
않냐고

이제는 가만있지 않겠다고 애야 공직은 그럴 리가 없
어야해

옆집의 옆집에 강도가 들었어 주인이 사경을 헤매고
있다고

그 옆집의 주인이 슬쩍 내게 와 야릇한 미소를 흘리고
갔어

경찰모를 쓴 친정 오빠가 해골 그려진 티셔츠는 없어

야 한다고

　법복 입은 남편의 형님이 그날 애와 같이 있었다고 다
짐받고

　차라리 명예훼손으로 고소하겠다고 큰소리라도 치라
하고

붉은귀거북

너는 눈 뒤쪽에 붉은색 무늬가 있고
배는 노랗고 등엔 육십갑자 옷을 입었다
천적 없는 잡식성이라 생태계를 위협한다고
국립생태원에선 네게 수배 선고 내리고

부처께 잘살게 해 달라고 비는 나이 오십
배와 등딱지에 아이 이름과 생년월일을 적어 방생해
놓고
개천과 호수에 정착한 너를 체포해야 한다고
생태보호협회와 지상파는 생중계한다

붉은 귀 너는 그렇게 잡혀서
또
방생된다 너는 특사인가?
부처님 오신 날마다 출감하는

오히려
이 땅에 살면 안 될 외계 생명인 나는

지구 안에 같이 살아야 하는 생태인가?
누가 교란하고 누굴 잡는단 말인가
인간 운명을 점치러 온 역술가인가 너는

나의 안쪽

남은 화장품 샘플을 차 안에 쏟아 놓고
학습백과와 에어컨 팔다 들어온 사무실
정작 영업 나가고 빈 사무실은 염천이었네
뿌연 김 서림을 벗는 판매 실적

'잎의 안쪽은 분홍색이나 보라색을 띠고 땀을 분비
하네
순진한 파리, 호기심 많은 딱정벌레, 정처 없는 개구
리가
땀의 안쪽으로 뛰어드는 순간 두 잎은 손뼉을 쳐!
소화액을 분비해서 분해하고 흡수하지'*

바깥은 염천이라 차 안이 시원해 보였겠지!
이름 없는 파리도 어쩌다 할부 인생과 동행했는지
시동 꺼지면 이 안은 지옥으로 변할 거야

환하게 터진 다섯 개의 꽃잎은 파리지옥
지옥과 천국은 꽃잎 한 장 차이라는 학습백과

파리와 딱정벌레와 개구리의 꿈은 하얀 땀으로 터
지고

* 대니얼 샤모비츠의 『식물의 감각법』에서 촉각을 이용한다는 파
리지옥에 대한 설명을 변용함.

만성피로

그는 언제나 한배를 탔다 하고
언제부터 내가 그렇게 대했는지 모르겠지만
뱃속에 칼을 숨긴 내게 우리는 동지라고
자신의 두 딸 진로에 대해 진지하게 의논하고
늘어나는 뱃살에 대해 너스레를 떨면서도
건강을 과시하며 주말에는 등산을 가자고 했다
세상에 정의 같은 건 없다며 치열한 땀만 있을 뿐이
라고
노조 집행부를 서슴없이 빨갱이라 저주했다
요즘 같은 세상에 무슨 빨갱이냐고 물으면
나이에 맞지 않는 증언을 하곤 했다 어쨌든
그는 나와 가장 많은 시간을 보내는 자

내가 아니면 힘든 이 일을 누가 하겠냐고
반드시 난 여기를 최고 직장으로 만들겠노라고
젊은 사람이 나보다 더 바쁘게 살아야 하지 않겠냐고
목숨 바쳐 달성하는 목표가 있어야 살맛 나지 않겠
냐고

그의 딸 생일 파티를 하고 친구의 친구를 소개받고
회사와 같이 성장하겠다고 사장 같은 어투로 건배
하고
모친을 세상에서 가장 존경한다고 그는 꼬꾸라지고
그를 들쳐 업고 집 앞까지 갔다 그의 아내에게 핀잔을
듣고
돌아서 억울하다고 술 한잔 더 하기도 하지만
나는 그 밑에서 다 잊고 새까맣게 잊고
밥을 삼켜 아침을 잊은 자

동행

바람 바뀌고 나뭇잎은 미처 물들기 전 떨어졌고
가물가물한 하늘에서 유성이 마구 뛰어내렸다

내가 알던 이도 지구에서 갑자기 뛰어내렸고
그때 일본 앞을 지나던 태풍이 수십 명을 떨구고

천직 밖의 지구는 외로워했던 교직
현관 마주하는 거울이 무서웠던 퇴직

송진을 약탈하던 만행에도 견딘 낙락장송은
먼 곳을 지나는 태풍에 어이없게 허리가 꺾이고

후임에게 직을 맡긴 나는 전화기를 붙잡고
인수인계도 못 한 귀신은 회의장을 떠도는데

가자미와 소주 한잔으로 유한을 살찌운 당신은
돌아가는 나에게 무한에 이름 걸지 말라 하는데

무정한 것은 무한하고 엉킨 인연만 유한하여
발바닥 한 짝은 영정에 들었다 돌아왔다

다만 다리 밑을 흘러왔다

쉼이 없다 개천은
돌아선 발자국 돌아선 얼굴들
개천에 발 담그고 고기를 구우면
모래나 돌날이 발목과 같이 흘렀다
나를 가르친 지겨운 옛이야기들
군인이 닦은 신작로 다리 밑
낮고 무더운 저기압의 청춘이 무섭고
검게 그을린 교각에는 동네의 수렵도가
개와 돼지의 비망록으로 흘렀다
동네 형들은 꼬드김과 사주가 특기여서
동생들의 주먹 서열을 즐겼는데
사랑하고 미워했던 맨발의 야반도주 같은
끝내 다다르지 못한 소식은 멈추었다 흐르고
교각 밑에서 훔쳤던 입술은 홍건했고
붉게 일렁이는 햇살이나 어루만지는 교각
아래 쉬이 지나는 것들과 몸 섞기도 하고
보이지 않는 더 큰 형님의 다리 밑에서
처음부터 거품이었던 물은 없다

연봉과 서열에 따라 악악대다가
겸연쩍거나 뻔뻔한 속삭임으로
바위며 모래톱에 거품의 자서自敍를
지난하게 새겨 넣으며 흘렀다 개천이라도
쌓이는 모래 두께는 굽이마다 달랐으니
오래 서성였던 윤슬이며 일렁이는 이야기는
교각 아래 쉼이 없다 개천은
흐르는 대로 흐르고 흘러
모래톱에 물길을 새길 뿐이다

아전, 인수의 나라

실록에는 고려가 망하고 세종 때까지도 백성 중 자신이 고려의 신민臣民이라 여기는 자들이 여럿이라는 한탄이 보인다 임란 이후 명明을 호란 이후엔 청淸을 부모로 여기고 그의 신민이 되고자 하는 자도 있었다고 한다 조선이 망하고 일본 식민지가 되어서도 인민人民은 일부가 일본 신민이었을 뿐 나머지는 조선 신민이라 여겼다 태평양전쟁에서 미국에 패한 일본이 조선에서 쫓겨나고 상해 임시정부는 국토와 인민 주권을 되찾았어도 자신이 일본 신민이라 여기는 자는 여전히 남았다 한국전쟁 이후 미국을 부모로 여기고 그의 신민이 되고자 열심인 자도 여럿이다

그녀의 웃음소리뿐

　나의 마음속에 항상 들려오는 그녀의 웃음소리*

　다락방에 한 여자가 살았네 부엌 위 다락문은 닫혀 있고

　그 웃음이 뛰쳐나올까 창문 닫고 두꺼운 커튼마저 쳐졌네

　밖으로만 떠돌다 그 여자 아직도 살아 있는지 궁금하네

　허초희거나 황진이일지 모른다고 나는 뒤늦게 생각했네

　헝클어진 머리카락이 웃음소리로 가시나무를 흔들었고

　머리에 꽂은 들꽃은 만발했지만 마을에선 휘청거렸네

　온갖 놈의 똥과 오줌을 묻히고 동네 사람은 혀를 찼지만

　두툼한 초가지붕을 걷어내고 슬레이트로 바꾸기 전까지는

　천사가 아닌지 의심하지 않았네 십자가를 꽂은 새마

을에서는

　낡은 마녀를 쫓아내었기에 누구도 천사를 보지 못했
다지만

　작업복 입고 기차를 탄 천사는 더는 울지도 웃지도 않
았네

　단발머리에 머리 끈을 묶은 누이는 산업 전사가 되
었고

　독재자의 이름으로 배포된 달력을 매월 뜯어먹었네

　누구나 웃음이 숨은 다락방 하나쯤은 가지고 있다
지만

　나이면서 더는 내가 아닌 울음이 내 안에는 가득하
다네

　어디에도 없고 어디에나 보이는 나의 울음은 떠돌아
다녔고

　꽃을 꽂은 내 사랑이 있다고 말하고 싶었지만 다락
방의

　여자가 건네는 붉은 사과를 먹으면서도 입은 닫고 살
았네

다락방 없는 아파트에선 게임의 전사가 되었고 여
자는

내가 입을 열 때마다 던전의 뒷문은 덜컹거렸지만

웃음이 몰래 뛰쳐나올까 지하 문을 꼭꼭 닫아 놓았네

* 이문세 노래 〈그녀의 웃음소리뿐〉 중에서.

더 킬러 라이브

누가 내 목덜미를 쥐고 있나? 항상
얼굴을 드러내면 킬러는 이미 죽은 목숨이지
내가 접근하지 못하는 타깃은 없어
나 자신을 속이기 위해 평범한 직업도 필요하지
가령 전당포 주인이라든가 증권 애널리스트나 기자
같은
낮에는 다들 남의 일에 빠져 자신을 신경 쓰지 않으
니까
혼잣말 들으며 자란 난초와는 좀 다른 시간을 갖지
다만 불필요한 것을 삭제시키는 것이 나의 일일 뿐
필요로 살아가는 사람에겐 무해한 행인이기도 하지
배를 침몰시키고 사람에게 코끼리를 풀어 놓는 기획
도 하지
무엇보다 나는 은행이나 증권사 골목을 떠도는 찌
라시
음모론을 좋아해? 그건 나의 일이 성공했다는 증표지
총이나 칼을 쓰는 것은 하수나 하는 짓 귓속말 거래면
되지

믿음보다 조금의 의심을 빌려주는 것 그것이 함정인
것은
누구나 알지 알아도 모른 척하지 댓글에 드러나는 나
의 보람
다만 난초를 키우거나 고양이를 돌보는 것은 다르지
귓속말은 날카로운 이파리를 키우고 발톱을 곤추세
우지
잎을 닦아 주는 일이나 사료를 던져 주는 무심한 손가
락처럼
다만 얼굴 없이 살아야 하니 늘 혼잣말이 늘어날 뿐
내 직업의 경력에는 아무런 장애가 되지 않아
창밖을 흘끔거리는 것은 목숨을 위한 습관이지만
은행잎이 떨어지는 걸 보고 운명을 점치는 건 취미
소소한 취미 같지만, 뉴스를 통해 타깃은 정해지지

안전하다

쓸데없는 것에 관심 두지 말라 하는데
뭔가 뒤죽박죽 같다고 생각하다가
소금 생각을 했어 사는 데 소금은 하느님이잖아
너에게 소금이 필요하다고 문자를 보내고

물이 있어야 무지개가 생기는 것처럼

내 생각은 왜 체계적이지 못한가 지적받으며
어제의 일은 어제의 일로 끝나지 않는다고 중얼거
린다
내가 오늘의 의자에 앉아 있다는 것도 놀라운 일이
지만
말이 말을 덮는 초침 같은 생각들 부서져 내리고

무지개가 있어야 아이도 생기는 것처럼

어느 가족에게 물 한 그릇이 고단하다는 걸
나에게 할 수 있는가? 너의 너에게도 할 수 있는가

그만둬, 째깍째깍 부서지는 파도 같은 말
잠제를 세우면 다른 쪽 해변이 쓸려 나갔다

굴뚝의 연대

태화강 십 리 대숲을 덮은 까마귀 떼
까마귀는 중요하지 않아 까마귀에 대한 믿음이 중요
하지!
굴뚝을 높이 세운 산업 수도에는 유신탑이 있고
성공의 믿음으로 서로 등에 총구를 겨누었으나
도심은 반구처럼 뒤덮은 안개의 공동체

이 정도는 괜찮아 이 정도면 괜찮아
동쪽은 장생포라 했으나 선박에선 고래 연기를
남쪽 개운포 나프타 굴뚝에선 불꽃을 뿜었다
북쪽 원전의 굴뚝에선 투명한 그물망을 펼쳤다
굴뚝과 굴뚝의 결계는 서쪽 산맥으로 안심을 둘러
치고

참으로 에롭은 곳이라고 술집 주인은 혼잣말하는데
조국 발전을 위해 실향민이 된 주인은 고향이 개운포
라 하고
'산업 생산의 검은 연기가 대기 속에 뻗어 나가는 도

시는

　루르의 기적을 초월하고 신라의 영성을 재현하려는
민족적 욕구가'*

　허파에 사금파리로 달라붙기 전 떠나는 게 좋겠다고
도 하고

　그러지 말고 독한 술이나 한잔하라며 애써 눈길을 돌
리고

　탁자에 내려앉은 미세한 의심을 닦아내었다

　정기 검진 하는 간호사는 오전엔 되도록 환기하지 말
라 하고

　허리가 굽은 장생포 어르신은 O 표한 달력을 가리
키며

　화요일과 목요일엔 마스크라도 쓰고 다니라 하지만

　그만하이소 마, 그러다 손님 떨어지면 다 죽는다 아
이요

　할매는 할배의 손을 잡아끌며 손을 내젓지만

　어르신, 흰 연기는 괘안심더, 오히려 손님이 위로하
는 곳

떼까마귀가 십리대숲을 뒤덮을 때 나는 도착했다
벽돌 한 장 들고 밤낮으로 굴뚝의 성채를 보수했으나
투명한 연기 속에 나타났다 사라지는 고래 떼
마침내 비 내리고 흩어지는 구름의 역사

* 현재 정유 공장과 석유 화학 공단을 조성했던 울산공업센터 기
공식 때 박정희 치사문 중에서.

4부

중간놀이

최선을 다해 실패할 것이다

화이트보드로 삼 년 동안 사무실 창문을 가렸다 숨은 햇살 한 줄기가 아쉬워 판을 치웠더니 방충망에 밀잠자리 한 마리 날개 펴고 하늘 보는 자세로 적멸에 드셨다 그는 죽어서도 하늘을 잃지 않았다

썩지 않는다는 건 또 얼마나 시퍼런 짓인가 흰 밤을 넘어 안개의 새벽이 늘어난 오십, 나를 가린 투명 창 앞에서 눈 뜨고도 밖이 보이지 않기는 매한가진데 뜨거운 일과와 부릅뜬 내 여름은 얼마나 캄캄했던가!

출근길

쉰 넘어 잠 깨면 새벽 세 시
눈을 떠 말어 일어나 말어

아파트 촘촘한 시내에는 없었지만
신매대교 건너 서면엔 짙은 안개가
햇살 받은 산이마로 올라가고 있어
출근길 양옆에는 식칼 든 어르신이
분주히 배추 밑동을 자르고
그 옆으로 들깨를 말리는 밭이 이어지고
마늘 파종하고 덮은 볏짚이 나란하지
베어진 콩섶과 아직 선 채 마르는 콩밭 지나
깨어나는 겨울 아침 출근이
기화하는 안개와 함께 뿌리와 씨앗까지
사라질지 모른다는 그런 쓸데없는
가랑잎을 열심으로 갉아 먹는 벌레가 있고
이미 퇴직한 친구와 곧 퇴직할 몸뚱이가
살 궁리로 분주한 아침이야

내 맘대로 되는 거 하나 없는데
눈을 떠 말어 일어나 말어

중간놀이

몸은 삭정이처럼 말라 간다
점심 먹기 전 단체로 포크댄스를 추었어
고작 국민학교가 있던 시절이지만
남녀가 손잡으면 놀림 받을까
짝꿍은 나무막대로 이어 손잡고
낯선 나라 음악에 맞춰 무릎을 접었다 펴고
끝나지 않을 것 같은 원무를 추었어
짝꿍 얼굴과 이름은 지금 잊었지만
조금씩 나눠 잡았던 부끄러움과
눈에 들어와 마구 맴돌던 허기
순사 같던 담임에게 혼식 검사를 받고서야
훈화처럼 어지러운 햇살을 채우곤 했어
쉬는 시간 솔방울과 관솔을 줍던 우리는
버들강아지처럼 더는 놀지 못하고
뒷산의 정기를 마구마구 받아서
학교와 직장 시계에 발맞춰서 막대기로
그렇게 아버지의 시간을 살아왔어

신석기 뒤뜰

구석기와 신석기가
한 페이지에 넘어간다
늘 시험 앞에 줄 선 삶이
무딘 주먹도끼 갈다 마주친 눈이여
청동 세문경細文鏡 속 떠나간 순이 같다

햇살만 조랑조랑 열린 산수유나무
아래 자연법이 펼쳐 놓은 밥상
토기 든 여인네가 포르르 날아와
연신 고개 조아리며 기도한다

정화수였던가
겨울비 내리는 시립도서관 뒤뜰
민무늬토기 사발면 빈 용기에
빗물이 고이다가, 고이다가
바람 불고 서른아홉
허기진 영혼마저 날아간다

골목대장

아이 울음 사라지고 고양이 울음 가득한 골목
아이 울음 닮은 밤이 고양이를 키우는 건가

전문가라는 직업

아부지 어무이는 맨발로 디딘 흙에서 바람을 주물렀고 별을 북돋웠다 그렇게 감자와 옥수수를 심었다 피륙을 만들고 베잠방이도 지었다 신발을 만들고, 골짜기마다 떨어진 이웃과 더불어 집도 지었다 오줌이 얼어붙는 겨울, 새끼를 꼬며 메밀국수 추렴도 하고 철마다 두레의 하늘에 거칠 게 없는 주인이었다

모르는 이의 수고가 없다면 하루도 살기 힘든 나는 끊임없이 무엇 하나 온전치 못한 나사와 볼트를 만들어 왔다 조립하여 판매하는 회사에서, 판매한 노동으로 집을 빌리고 옷을 샀다 고길 사다 냉장고에 잔뜩 쌓았다 쌀알이 어떻게 여물고 어떻게 내게 오는지 모르고 이웃과 칸막이를 했다 아무 불편이 없이, 미세먼지의 하늘 아래 불구를 꿈꾸었다

장생포에서
-랭스턴 휴즈에게

포구에 맨발을 적신 적이 있는가
해무가 스며드는 새벽 홀로
검은 고래가 붐비는 항구에서
발을 담그고
폐플라스틱 병처럼 흔들려 본 적 있는가

떠나온 그대와 그대가 잠든 북쪽을
불이 지나간 자리를 나는
아직도 식지 않은 부지깽이처럼
그대를 생각했다 한때
그대가 사라지기를 바란 적이 있었다

일한다고 나온 항구에서
가득한 디젤 냄새가 새벽 해무를 헤치고
나는 당신을 기름처럼 떠돌았다
유조선과 작업선이 들고 나는 일터
희끄무레한 생각들이 지나갔다

내가 죽고 싶다고
하소연하던 그날이 부끄러웠다
이쪽도 저쪽에도 발 딛지 못하고
흔들리는 플라스틱 빈 병이 되어
흔들린 적이 있는가

닮았다는 우리

옛 사진 속에서 사자 머리를 보았다
미간에 힘주어 보니 그건 내 얼굴이고
내 얼굴에 당신 얼굴이 겹쳐 보였다
검버섯에 화장한 얼굴과 달리 당신은
또 다른 얼굴로 신산하게 살아왔는데
닮았다는 당신 얼굴이 가장 멀었다

(미안해!
뭐가?
그냥 다!)

오래 살면 늘 같을 순 없을 거야 그치
때론 밑동으로 살아야지 이파리 떨구고도
당신 팔 하나가 칠성판의 무게를 지녔으니
당신이 하나로 보일 때도 둘로 보일 때도
나의 시력은 당신을 감당하지 못했으니
눈곱이 낀 거 같아, 자주
눈가를 화장지나 옷소매로 찍어내었다

빠진 눈썹이나 눈곱에 처음엔 안심했는데
사진을 들여다보고 미간에 흰 눈썹을 모아도
보이지 않았다 당신의 얼굴은

눈먼 항해사

틈바람 솔찮고
집은 난파선이다

앵두가 볕살을 키우는 동안
어린 딸과 짜장면 먹고 걸었다

이건 자두꽃이고 요건 도화란다
옛 동네 한 바퀴가 봉긋하다

말 안 하면 안 돼!
말하면 안 돼! 엄마한텐

파랑 출렁이고 귀 먼
봄볕 아래의 일이다

식솔

밥 먹으라는 말이 사라진 저녁이다

왜 나는 나타샤와 산골을 떠나서
어디서 무엇이 되어 다시 만날지*도 모르는 길을 걷고
있나
딸이 있고 그대가 있어서 식솔이라는 말
쓸쓸함을 거느린 밥이 목을 넘고
거대한 파도가 덮쳐 오는 밤을 지났다

밥 먹으라는 말이 사라진 아침이다

* 김광섭의 시 「저녁에」에서 빌려 왔다.

해설

능동적 순응의 운명애運命愛

박다솜

능동적 순응의 운명애運命愛

박다솜(문학평론가)

처음에 한승태의 시는 과거에의 향수를 노래하는 것처럼 보인다. 공동체를 와해시키고 인간을 자연과 멀어지게 만든 산업화를 비판하면서, 산업화 이전의 유기적 세계에 대한 그리움을 토로하는 시. 그리하여 시간의 무정한 흐름을 슬퍼하는 시로 읽히는 것이다. 가령 이런 시를 보자.

아부지 어무이는 맨발로 디딘 흙에서 바람을 주물렀고 별을 북돋웠다 그렇게 감자와 옥수수를 심었다 피륙을 만들고 베잠방이도 지었다 신발을 만들고, 골짜기마다 떨어진 이웃과 더불어 집도 지었다 오줌이 얼어붙는 겨울, 새끼를 꼬며 메밀국수 추렴도 하고 철마다 두레의 하늘에 거칠 게 없는 주인이었다

모르는 이의 수고가 없다면 하루도 살기 힘든 나는 끊임없이 무엇 하나 온전치 못한 나사와 볼트를 만들어 왔다 조립하여 판매하는 회사에서, 판매한 노동으로 집을 빌리고 옷을 샀다 고길 사다 냉장고에 잔뜩 쌓았다 쌀알

이 어떻게 여물고 어떻게 내게 오는지 모르고 이웃과 칸
막이를 했다 아무 불편이 없이, 미세먼지의 하늘 아래 불
구를 꿈꾸었다

　　　　　　　　　　　　—「전문가라는 직업」 전문

　두 개의 연으로 이루어진 위 시는 1연과 2연의 선명한
대비를 통해 안정적으로 시적 의미를 획득하고 있다. 1
연의 주체인 "아부지 어무이"는 농사를 지어 감자와 옥
수수를 수확하거나 메밀국수를 추렴하는 방식으로 먹
을거리를 마련하고, 베잠방이와 신발을 직접 만들어
착용한다. 또 "골짜기마다 떨어진 이웃과 더불어" 집을
지어 서로의 주거 문제를 해결한다. 반면 2연의 주체인
"나"는 회사에 노동을 판매하여 집을 빌리고 옷을 산다.
"쌀알이 어떻게 여물고 어떻게 내게 오는지 모르"지만
"고길 사다 냉장고에 잔뜩 쌓"는다.
　요컨대 위 시는 1연의 "아부지 어무이"와 2연의 "나"
가 의식주를 장만하는 방식을 적극적으로 비교하고 있
다. 1연이 과거의 삶을, 2연이 오늘날의 생활 방식을 은유
하고 있음은 물론이다. "아부지 어무이"가 누렸던 자연
친화적이고 공동체적인 삶이 긍정적인 것("두레의 하늘
에 거칠 게 없는 주인이었다")으로, "나"가 직면한 산업
화·개별화된 삶이 불완전한 것("미세먼지의 하늘 아래

불구를 꿈꾸었다")으로 묘사되고 있다는 점 역시 어렵지 않게 포착할 수 있다.[1]

'충만했던 과거'와 '결핍된 현재'의 대립 구도는 "왜 나는 나타샤와 산골을 떠나서/어디서 무엇이 되어 다시 만날지도 모르는 길을 걷고 있나"라고 자문하며 "밥 먹으라는 말이 사라진 저녁"을 안타까워하는 「식솔」이나, "아이 울음 사라지고 고양이 울음 가득한 골목"을 새삼스레 인지하는 「골목대장」, "신연강이 얼었다"며 "지금은 사라진/썰매를 타던 때로부터/얼마나 멀리/미끄러져 왔나" 되짚어 보는 「외발 썰매」 등의 시편들을 이해하는 데 핵심적 역할을 하기도 한다.

*

그러나 한승태의 시를 단순히 사라진 것들을 동경하고 과거에의 회귀를 갈망하는 몸짓으로만 읽을 수는 없

---

1 더불어 이 시는 '전문가'라는 단어가 함축하는 분업 생산 체제가 개개인을 노동의 결과물로부터 분리시켰으며 그리하여 개별적·독립적인 것처럼 보이는 산업사회의 삶이 사실은 익명의 타인이 수행하는 노동에 전적으로 의존하고 있다("모르는 이의 수고가 없다면 하루도 살기 힘든 나")는 산업화의 역설까지도 빈틈없이 담아내고 있다.

는데, 왜냐하면 그의 시는 매정하게 흘러가는 시간에 비애를 느끼는 데서 그치지 않기 때문이다. 한승태의 시적 화자는 속절없는 시간의 흐름으로 인해 상실된 것들을 애도하는 한편, 시간과 함께 흘러가는 일의 어려움을 노래하기도 하는 것이다. 이번 시집에서 가장 인상적인 시편 중 하나인 「아전, 인수의 나라」에서 시인은 시간과 함께 흘러가지 못하고 고여 있는 존재들에 대해 성찰한다.

실록에는 고려가 망하고 세종 때까지도 백성 중 자신이 고려의 신민臣民이라 여기는 자들이 여럿이라는 한탄이 보인다 임란 이후 명明을 호란 이후엔 청淸을 부모로 여기고 그의 신민이 되고자 하는 자도 있었다고 한다 조선이 망하고 일본 식민지가 되어서도 인민人民은 일부가 일본 신민이었을 뿐 나머지는 조선 신민이라 여겼다 태평양전쟁에서 미국에 패한 일본이 조선에서 쫓겨나고 상해임시정부는 국토와 인민 주권을 되찾았어도 자신이 일본 신민이라 여기는 자는 여전히 남았다 한국전쟁 이후 미국을 부모로 여기고 그의 신민이 되고자 열심인 자도 여럿이다

— 「아전, 인수의 나라」 전문

시는 조선 건국, 임진왜란, 병자호란, 한국전쟁 등의 역사적 사건을 소재로, 자신의 정체성을 지탱할 준거점을 과거의 시간 속에서 마련하는 태도를 폭로하고 있다. "고려가 망하고" 난 후 "세종 때까지도" 스스로를 고려의 신민으로 규정했던 사람들에게 조선과 고려 중 진실한 가치의 담지자는 물론 고려였을 것이다. 조선에 살면서 자신을 고려인으로 명명했던 사람들은, 이미 지나가 버린 과거의 시간을 미화하고 그곳에 스스로를 동기화함으로써 손쉽게 이상적인 정체성을 형성했던 것이다. 역설적이게도 과거는 이미 지나가 버렸기 때문에 안전한 시공간이다. 현재와 미래의 가변성이 주는 불안이 과거에는 없다. 과거란 종료된 시간으로서 더 이상 아무런 변화의 가능성도 갖고 있지 못하기에, 그 시간의 의미는 내가 정위하기 나름인 것이다.

따라서 이 시에서 제시하는 "일본 식민지가 되어서도" 스스로를 "조선 신민이라 여"기는 것은 대한민국의 독립을 염원하는 일과는 얼마간 거리가 있다. 「아전, 인수의 나라」가 주목하는 것은 '천박한 왜놈들 같으니! 나는 고결한 조선의 선비란 말야!'와 같이 타자를 열등한 반대항으로 설정해 두고 스스로의 정체성을 우월한 것으로 구성해 나가려는 태도다. 그러므로 이 시에서 말하는 "일본 식민지가 되어서도" 자신을 "조선 신민이라

여"기는 사람과, "일본이 조선에서 쫓겨나고 상해 임시
정부"가 "국토와 인민 주권을 되찾"은 후에도 "자신이
일본 신민이라 여기는 자"는 기실 같은 종류의 주체인
것이다. 제목의 '아전인수'를 통해서도 알 수 있는 것처
럼, 역사의 도도한 흐름 속에서 자기에게 유리한 것들만
을 선별적으로 수용하는 기만적 태도를 시는 파헤치고
있다. 시간의 흐름을 거부하고 구태여 시간을 거스른 곳
에서 정체성의 근간을 마련하는 억지스러움은 '아전인
수' 그 자체라 할 만하다.

　이처럼 흘러가 버린 시간이 무색하게 흐르지 못한 채
고여 있는 사람들의 이미지는 사실 꽤나 만연한 것 같
다. 이제는 조금의 과장도 없는 '백 세 시대'다. 장수를
축하하던 환갑의 의미가 퇴색되고, 회갑연이 도리어 눈
총을 받는 백 세 시대의 도래 이후 자신의 나이 듦에 도
통 적응하기 힘들어하는 사람들을 어렵지 않게 찾아
볼 수 있다. 새로 나온 의학 기술, 통신 기술, 관념이나 사
상 중 자신에게 유리한 것은 재빨리 수용하면서도 자신
에게 불리하다고 생각되는 것들에 대해서는 과거의 방
식을 고집하고 새로운 방식을 덮어놓고 비난하는 누군
가, 말하자면 의학 기술의 발달로 연장된 생을 두 팔 벌
려 환영하면서도, 환갑의 나이가 장수를 뜻하던 시대의
가치관을 선택적으로 고수하는 누군가를 볼 때 우리는

"아전, 인수의 나라"에 살고 있음을 새삼 곱씹게 된다.

　고여 있는 인물들이 반증하는 바, 시간과 함께 흘러가는 일은 생각보다 큰 노력을 요하는 일이다. 흐르는 시간 속을 그저 두둥실 떠가는 것이 아니라 흘러가는 것들을 적극 인지하고 달라진 현실을 힘껏 수용해야 하기 때문이다. 착실히 낡아 가는 신체와 더불어 나의 정신도 성실하게 변화해야 한다. 그리고 이런 관점 하에서라면 「다만 다리 밑을 흘러왔다」는 얼마간 다르게 읽힌다.

> 연봉과 서열에 따라 악악대다가
> 겸연쩍거나 뻔뻔한 속삭임으로
> 바위며 모래톱에 거품의 자서自敍를
> 지난하게 새겨 넣으며 흘렀다 개천이라도
> 쌓이는 모래 두께는 굽이마다 달랐으니
> 오래 서성였던 윤슬이며 일렁이는 이야기는
> 교각 아래 쉼이 없다 개천은
> 흐르는 대로 흐르고 흘러
> 모래톱에 물길을 새길 뿐이다
>
> 　　　　　　　—「다만 다리 밑을 흘러왔다」 부분

　'물 흐르듯 흘러가는' 삶의 태도는 그간 수동적인 것

으로 단순하게 곡해되어 왔던 것 같다. 아마도 인간의 자유의지를 강조하며 시대의 흐름에 휩쓸리지 않는 태도를 상찬하는 분위기 속에서 그런 오해가 형성되어 온 것 같은데, 그러나 앞서 언급한 것처럼 "교각 아래 쉼이 없이"가 "일렁이는 이야기"를 따라 "흐르는 대로 흐르고 흘러/모래톱에 물길을 새"기는 일에는 고유한 고충이 있다. 기왕의 '백 세 시대'라는 화두와 함께 말해 보자면, 앞으로 우리가 맞이할 길어진 인생의 시간은 낡아 버린 가치관을 답습하는 시간이 아니라 강건한 자유의지를 갖고 변화를 충실히 수용해야 하는 시간인 것이다. "개천은/흐르는 대로 흐르고 흘러/모래톱에 물길을 새길 뿐"인 심상한 정경은 모종의 애씀으로 인해서만 가능해진다고도 말해 볼 수 있겠다. 계획에 없이 길어진 라이프 사이클을 상호 존중 속에서 쾌적하게 영위하기 위해서는 '흘러가겠다'는 적극적 의지가 필수적이다. 이처럼 한승태의 시 세계에서 물 "흐르는 대로 흐르고 흘러"가며 사는 것은 시간의 흐름에 능동적으로 순응하는 삶의 태도를 의미한다.

그리고 이는 필멸이라는 인간의 운명을 적극적으로 떠맡는 양태로 나타나기도 한다. 성묫길을 묘사하는 시 「차례」를 보자.

산에 오르니 양지 녘 눈길이 녹고 있었다

그늘까지 녹으려면 꽤 지나야겠지만 오는 봄을 막지
못하듯

서너 명 걷던 길이 때로 한두 명 걷는 길로 바뀌는데

(중략)

그런 길을 아버지와 할아버지가 걸어오셨단다

이 산에 와서 먼저 길을 넓힌 이여

그대가 아홉에 스물에 서른에 무엇에 혹해 여인을 만
나고 아일 낳았는가!

나도 안다 이렇게 왔으니 가야 한다는 거

아내의 손을 잡고 딸의 손을 잡고 걸었던 길

꼭 뭔가 있을 것만 같은 성묫길에

겨울은 간다 가고야 만다

— 「차례」 부분

역시 시간의 흐름을 지각하고 받아들이는 태도가 가
장 먼저 눈에 띈다. 산에 오르며 "양지 녘 눈길이 녹"는 것을 발견한 시의 화자에게 "오는 봄"은 막을 수 없는 것이며 겨울은 가고야 마는 것이다. 그리고 "아버지와 할아버지가 걸어오"신 길, 즉 삶의 길이자 죽음을 향해 가는 길을 화자 역시 걸어가야 한다는 사실을 그는 더없이 명료하게 알고 있다. "나도 안다 이렇게 왔으니 가야 한다는 거/아내의 손을 잡고 딸의 손을 잡고 걸었던 길".

행복에 대한 인간의 집착은 역설적으로 인간의 삶이 마냥 행복할 수만은 없는 것임을 증명한다. 조금 더 숨김없이 말해 보자면, 대개의 경우 삶이란 견뎌내는 것에 가깝다. 찰나의 행복과, 그 찰나의 행복에 대한 기대로 피로한 하루를, 끝내 늙고 시들어 버릴 인생을 견디는 일. 그것이 '삶'의 잔인한 함의가 아닐까. 그런데 한승태의 시적 주체는 삶을 '능동적으로' 견뎌내는 것처럼 보인다는 점이 인상적이다. 그가 「최선을 다해 실패할 것이다」라고 선언할 때 특히 그렇다. 인간의 삶은 결국 실패란 것을, 따라서 나 역시 실패할 것을 알지만 '최선을 다해서' 그것을 하겠다는 결연한 다짐 말이다.

*

한승태의 시는 과거를 그리워하지만, 과거에 천착하지 않고 현재를 있는 힘껏 살아내는 태도를 형상화한다고 말할 수 있다. 그는 단순히 과거로 회귀하고자 하는 것이 아니다. 그는 누구보다도 오늘을, 실패가 예정된 이 인생을 살아내고자 한다. 따라서 우리는 "쉰 넘어 잠 깨면 새벽 세 시/눈을 떠 말어 일어나 말어//(…) 내 맘대로 되는 거 하나 없는데/눈을 떠 말어 일어나 말어"(「출근길」) 고민하던 화자가 끝내 자리를 박차고 일어났으리라고, 그리하여 행복하지만은 않은, 아니 어쩌면 "우리는 동지라고", "한배를 탔다"고 말하며 원치 않는 동료애를 뿜내는 직장 동료와 "가장 많은 시간을 보내"고 술에 취한 "그를 들쳐 업고 집 앞까지 갔다 그의 아내에게 핀잔을 듣"(「만성피로」)는 '만성피로'로 점철된 곤혹스러웠을 하루를 대견히 견뎌냈으리라고 추측해 볼 수 있다.

나아가 그는 "네가 지금 살고 있고, 또 살아왔던 이 삶을 너는 다시 그리고 또다시 살아야 할 것이다. 무수히 반복해서. 거기에 새로운 것은 전혀 없으며, 모든 고통, 모든 기쁨, 모든 생각과 탄식, 그리고 네 삶에서 이루 말할 수 없이 크고 작은 모든 것들이 틀림없이 네게로 찾아올 것이다. 모든 것이 똑같은 차례와 순서로. (…) 실존의 영원한 모래시계가 다시 그리고 또다시 뒤집혀질 것이다."라는 니체의 오래된 말에 "너는 신이로구나. 나는 이보다 더 신성한 이야기는 들어 본 적이 없거든!"[2]이라고 기꺼이 답하는 사람일 것이다. 정해진 운명을 받아들일 뿐만 아니라, 조금도 다름이 없는 지난 한 삶을 거듭거듭 살아내길 흔쾌히 선택하는 사람. 운명의 굴레에 속박되기를 자발적으로 결정하는 방식으로 삶에 대한 사랑을 표현하는 사람.[3]

말하자면 "아버지와 할아버지가 걸어오셨"(「차례」)던 바로 그 길을 "흐르는 대로 흐르고 흘러"(「다만 다리 밑을 흘러왔다」)가길 적극적으로 받아들이는 한승태의 시적 화자들에게서는 니체의 '운명애'가 발견된다. 니체는 운명애를 근거로 인간 존재의 위대함을 믿었다는데, 그렇다면 우리는 니체의 견해에 기대어 한승태 시의 오롯함을 믿어 봐도 좋겠다. 그의 흘러감을 기대해 봐도 좋겠다.

---

2 프리드리히 니체의 『즐거운 학문』에 나오는 구절이다. 여기서는 진은영 시인이 번역한 레지널드 홀링데일의 글 「지적 위기에 대한 해결책」(프리드리히 니체, 『차라투스트라는 이렇게 말했다』, 홍성광 역, 펭귄클래식코리아, 2015.)에 있는 문장을 인용했다.

3 슬로베니아의 철학자 슬라보예 지젝은 '자유' 개념을 재정립하는 글에서 자유란 불가해한 운명에 단순하게 반대하는 것이 아니라, 어떤 원인이 나를 결정할지를 소급적으로 선택하고 결정하는 주체의 능력이라고 진술한 바 있다. 그런 의미에서 한승태의 시적 주체는 운명의 굴레에 속박되기를 '자유롭게' 결정한다. 그는 가혹한 운명을 탓하거나 그것에 저항하지 않는다. 다만 운명의 뜻대로 살기를—그것이 반드시 행복한 삶을 가져다주지는 않는다고 할지라도— 능동적으로 선택한다. 그는 디 일면시도 그렇게 하는 사람이다.(슬라보예 지젝, 『시차적 관점』, 김서영 역, 마티, 2009, 408쪽 참고.)

고독한 자의 공동체

2023년 12월 8일 1판 1쇄 펴냄

지은이	한승태
펴낸이	김성규
편집	김안녕 한도연 김채현
디자인	신아영
펴낸곳	걷는사람
주소	서울 마포구 월드컵로16길 51 서교자이빌 304호
전화	02 323 2602
팩스	02 323 2603
등록	2016년 11월 18일 제25100-2016-000083호

ISBN 979-11-93412-17-6 04810

ISBN 979-11-89128-01-2 (세트)